# CELE MAI FRUMOASE POVEȘTI

## FRAȚII
# GRIMM

*Cenușăreasa*

*Degețel*

*Hänsel și Gretel*

*Baba Dochia*

*Albă ca Zăpada
și cei șapte pitici*

CD AUDIO
INCLUS

**JURNALUL** NAȚIONAL

LITERA®

# Cenușăreasa

A fost odată un om bogat, dar nu i-a priit bogăția, căci nevasta i-a căzut bolnavă la pat. Când și-a dat seama că i se apropie sfârșitul, femeia a chemat-o la căpătâi pe singura lor fiică și i-a zis cu limbă de moarte:

– Draga mamei, caută să fii bună și smerită, și Domnul te va ajuta. Iar eu am să te veghez din ceruri.

Cu aceste vorbe, femeia a închis ochii pe vecie și după trei zile a fost înmormântată. Fata se ducea zi de zi la mormântul maicii sale și plângea amarnic.

Când a venit iarna cea geroasă, peste mormânt s-a așternut un giulgiu alb, iar în primăvară, când soarele a strălucit din nou pe cer și a topit zăpada, omul și-a luat altă femeie de nevastă.

Femeia asta le-a adus în casă și pe cele două fete ale ei. Fetele, nici vorbă, arătau bine, însă erau rele și haine la suflet. Biata orfană nu mai avea loc în casă de răul lor.

– Te pomenești că toanta asta are de gând să-mpartă iatacul cu noi! bodogăneau ele. Cine vrea să mănânce n-are decât să muncească! Cară-te la bucătărie, că acolo ți-e locul!

I-au luat straiele cele frumoase, au pus-o să îmbrace o vechitură de rochie cenușie și i-au dat să încalțe o pereche de saboți.

– Uite-o ce gătită-i, zici că e prințesă! o luară ele în zeflemea. Apoi o alungară la bucătărie.

Aici, fata s-a văzut nevoită să trebăluiască din zori și până în noapte: se scula dis-de-dimineață, căra apă de la fântână, aprindea focul în vatră, gătea pentru toți și spăla rufele. Ca și cum toate astea n-ar fi fost destul, cele două surori nu mai știau ce să născocească, doar s-o necăjească pe biata fată. Când mai să scoată treburile la capăt, ele aruncau mazăre și linte în cenușă, tot într-o bătaie de joc, iar mezina trebuia să le aleagă bob cu bob. Seara, fata cădea frântă de oboseală, dar, cum nu avea un pat în care să doarmă, se cuibărea în cenușa vetrei, că măcar îi ținea de cald. Și pentru că era mai tot timpul murdară de cenușă, au poreclit-o în derâdere Cenușăreasa. Și așa i-a rămas de-atunci numele.

Într-o bună zi, tatăl lor se pregătea să plece la târg și le-a întrebat pe cele două fete vitrege ce daruri ar vrea să le aducă.

– Rochii frumoase, răspunse una dintre ele.

– Giuvaiere, zise cealaltă.

– Iar ție, fata tatei, ce să-ți aduc?

– Adu-mi, tată, o rămurică, prima care se va prinde de pălăria ta, la întoarcerea acasă. Atâta vreau! Pe aia s-o rupi și să mi-o aduci!

La târg, omul a cumpărat pentru fiicele vitrege rochii frumoase și giuvaiere. În drum spre casă, când trecea printr-un desiș, o rămurică de alun i-a agățat pălăria de pe cap. Atunci și-a amintit de rugămintea mezinei, a rupt-o și a luat-o cu sine. Ajuns acasă, a împărțit darurile dorite, iar Cenușăresei i-a dat rămurica de alun.

Fata îi mulțumi din suflet, iar către seară se duse la mormântul mamei sale, sădi acolo crenguța și plânse apoi cu atâta jale, încât lacrimile curgeau șiroaie pe pământ și-o udară. Și așa crenguța crescu mare, ajungând un alun de mai mare dragul.

De trei ori pe zi venea sărmana fată la mormântul măicuței sale, plângea cu lacrimi amare și se ruga; și de fiecare dată zărea o pasăre albă care venea în zbor și se așeza pe vreo creangă. Și ori de câte ori se gândea Cenușăreasa la o dorință, pasărea îndată i-o împlinea.

Într-o bună zi, împăratul acelor meleaguri s-a gândit să facă un mare bal care să țină trei zile și trei nopți. Pofti la bal toate fetele frumoase din împărăție, pentru ca fiul său să-și poată alege mireasa. Când au aflat cele două surori că fuseseră și ele poftite la petrecere, pe dată s-au înveselit, au chemat-o pe Cenușăreasă și i-au poruncit:

– Vino iute de ne piaptănă! Și nu uita să ne lustruiești pantofii, că noi mergem la palat și o să ne vadă prințul!

Cenușăreasa făcu întocmai cum îi porunciseră surorile, dar plânse de necaz, căci tare mai dorea să se ducă și ea la bal, să danseze. Se rugă de maică-sa vitregă s-o lase și pe ea, însă babornița zise:

– Crezi tu că te-aș putea lăsa să mergi la bal așa murdară de cenușă? Ș-apoi n-ai nicio rochie mai acătării, de pantofi nici nu mai zic, iar ție-ți arde de dans?

Dar cum fata, cu lacrimi în ochi, nu mai contenea cu rugămințile, mama vitregă parcă se învoi, zicându-i fățarnic:

– Uite, am vărsat un blid de linte în cenușă și, dacă în două ceasuri o alegi toată, atunci o să-ți dau voie să te duci.

Auzind acestea, Cenușăreasa o zbughi în grădină pe ușa din dos și strigă:

– Voi, porumbițelor, voi, turturelelor, și voi, păsări ale cerului, veniți cu toatele și ajutați-mă!

*Ce-i mai bun, în căldărușă,*
*Iar ce nu, băgați în gușă.*

N-apucă Cenuşăreasa să-şi termine cântecelul, că şi intrară pe fereastră în bucătărie două porumbiţe albe, după ele câteva turturele, iar apoi veniră în zbor şi alte păsări ale cerului. Bătând uşurel din aripi, se aşezară lângă vatră. Porumbiţele începură să ciugulească: pic-pic-pic; după ele prinseră şi celelalte păsări să piguliască: pic-pic-pic. Şi aşa au ales ele toate boabele cele întregi şi au umplut blidul. Nu trecuse nici măcar un ceas, şi ele isprăviră treaba. Apoi îşi luară zborul care-ncotro.

Tare se mai bucură Cenuşăreasa. Duse de-ndată blidul mamei vitrege, trăgând nădejde că aceasta îi va îngădui să meargă la bal.

– Nici vorbă, i-o reteză babornița. N-ai nici rochie frumoasă şi nici să dansezi ca lumea nu ştii. Vrei să ne faci de râs?

Biata fată începu iar să plângă. Când văzu asta, mama vitregă zise:

– Dacă într-un ceas alegi două blide de linte din cenuşă, să ştii că te iau la bal. În sinea ei însă se gândi: „Asta chiar că-i peste putință!"

Răsturnă în cenuşă două blide de linte, iar fata ieşi în grădină pe uşa din dos şi strigă:

– Voi, porumbiţelor, voi, turturelelor, şi voi, păsări ale cerului, veniţi cu toatele şi ajutaţi-mă!

*Ce-i mai bun, în căldăruşă,*
*Iar ce nu, băgaţi în guşă.*

N-apucă Cenuşăreasa să-şi termine cântecelul, că şi intrară pe fereastră în bucătărie două porumbiţe albe, după ele câteva turturele, iar apoi veniră în zbor şi alte păsări ale cerului. Bătând uşurel din aripi, se aşezară lângă vatră. Porumbiţele începură să ciugulească: pic-pic-pic; după ele prinseră şi celelalte păsări să piguliască: pic-pic-pic. Şi aşa au ales ele toate boabele cele întregi şi au umplut cele două blide. Nu trecu nici jumătate de ceas şi ele isprăviră treaba. Apoi îşi luară zborul care-ncotro.

Cenuşăreasa, bucuroasă nevoie mare, duse repede mamei vitrege blidele, crezând că măcar de data asta se va ţine de cuvânt. Dar baborniţa cea rea zise şi acum:

– Degeaba te ţii scai de mine, că tot n-o să te luăm la bal. Nici rochie frumoasă n-ai, nici să dansezi nu poţi. O să ne faci de râsul lumii!

Îi întoarse spatele şi se grăbi să plece cu fiicele sale împopoţonate la bal.

Văzând atâta nedreptate, Cenuşăreasa se duse grabnic la mormântul mamei sale. Îmbrăţişă trunchiul vânjos al alunului şi grăi aşa:

*– Alunel, drag alunel,*
*Tu te scutură niţel,*
*Şi adă-mi un strai vrăjit,*
*Numai aur şi argint.*

Şi pasărea scutură o rămurea şi din alun căzu o rochie cusută cu fire de aur şi de argint şi nişte pantofiori de mătase cu ciucuri din argint. Cenuşăreasa îmbrăcă iute rochia şi plecă şi ea la petrecere.

De cum intră în sala de bal, lumea înmărmuri văzând-o atât de frumoasă. O zăriră şi mama vitregă cu fetele sale, dar n-o recunoscură. Gata să crape de

invidie, își spuneau că este, pe-semne, vreo domniță venită de pe alte meleaguri, atât de încântătoare era în rochia ei, toată numai aur și argint. Nici prin cap nu le trecea să se gândească la Cenușăreasă, căci o lăsaseră acasă, lângă vatră, alegând boabele de linte din cenușă.

Feciorul de împărat însă, de cum văzu mândrețea aceea de fată, îi ieși în întâmpinare, o luă galant de braț și o pofti la dans. Și toată seara o ținu de mână și cu altă fată nici că mai dansă. Și când venea cineva s-o poftească la dans, el îi aținea calea, zicând:

– Domnița dansează doar cu mine!

O ținură tot într-un dans până când, pe la miezul nopții, fata voi să plece.

– Merg și eu cu tine, zise prințul, să te conduc.

De fapt, voia să afle unde locuiește și a cui este fata asta așa de frumoasă. Cenușăreasa însă nu se lăsă condusă și, ajungând acasă tot într-o fugă, se ascunse în porumbar. Feciorul de împărat așteptă acolo până când veni tatăl ei și îi

spuse că fata cu care el dansase toată noaptea
se ascunsese sus, în porumbar. Bătrânului nu-i
veni să creadă: „Să fie oare Cenuşăreasa mea?"
Sparseră uşa porumbarului, dar nu
găsiră pe nimeni înăuntru.

Când intrară cu toţii în casă,
o văzură pe Cenuşăreasă cuibărită în
cenuşă, tot în rochia cea ponosită,
iar lângă vatră pâlpâia o lumânare.
Pesemne, Cenuşăreasa sărise jos
de cealaltă parte, fugise iute la
alun, scoase rochia cea frumoasă
şi o aşeză pe mormânt, iar pasărea
cea albă o luă de acolo. Apoi fata
îmbrăcă iar rochia ponosită şi se
aşeză cuminte în cenuşă.

A doua zi, iar a fost bal la curtea
împăratului şi după ce părinţii şi surorile
vitrege plecară într-acolo, Cenuşăreasa se duse
în grabă la alun şi zise:

> – *Alunel, drag alunel,*
> *Tu te scutură niţel,*
> *Şi adă-mi un strai vrăjit,*
> *Numai aur şi argint.*

Şi atunci pasărea lăsă să lunece dintre crengi o rochie şi mai frumoasă
decât cea din seara trecută. Când sosi la bal aşa îmbrăcată, toţi se minunară

din nou de frumusețea ei. Feciorul de împărat, care ardea de nerăbdare s-o revadă, îi ieși îndată în întâmpinare, o prinse gingaș de braț și dansă toată seara numai cu ea. Iar când alții o pofteau la joc, el le aținea calea, zicând:

– Domnița dansează doar cu mine!

Pe la miezul nopții, fata se furișă iar spre casă. Dar acum feciorul de împărat n-o slăbea din ochi, ca să vadă unde se duce. Ea, însă, și de data asta reuși să fugă, îndreptându-se spre grădina din spatele casei părintești. Acolo creștea un păr înalt, încărcat cu pere minunate. Cenușăreasa se cățără în copac iute ca o veveriță, iar feciorul de împărat îi pierdu urma. Aşteptă până ce veni tatăl ei și îi zise:

– Am pierdut iar urma preafrumoasei domnițe, dar mi se pare că s-a urcat în părul acesta.

Bătrânului nu-i venea să creadă: „Chiar să fie Cenușăreasa mea?" Aduse o scară, urcă în păr până în vârf și scotoci prin frunzișul des, dar nu găsi pe nimeni. Când intrară cu toții în bucătărie, o văzură pe Cenușăreasa cuibărită, ca și data trecută, în cenușă; și acum sărise iute din copac, pe altă parte, alergase într-un suflet la alun și înapoiase păsării rochia cea frumoasă, apoi o îmbrăcă la loc pe cea ponosită.

A treia zi, mama vitregă cu fiicele ei plecară din nou la balul împăratului. Cenușăreasa alergă iar la mormântul maicii sale și-i zise alunului:

*– Alunel, drag alunel,*
*Tu te scutură nițel,*
*Și adă-mi un strai vrăjit,*
*Numai aur și argint.*

Pasărea îi dădu acum o rochie atât de strălucitoare și de frumoasă, cum nu se mai văzuse alta sub soare, iar pantofiorii erau de data asta din aur curat. Se îmbrăcă degrabă Cenușăreasa și merse la bal. Când se ivi acolo, toți rămaseră muți de uimire. Iar fiul de împărat dansă tot numai cu ea și, de-o poftea altul la dans, el îi aținea calea, zicând:

– Domnița dansează doar cu mine!

Pe la miezul nopții, Cenușăreasa dădu iar să plece. Feciorul de împărat iar încercă să o conducă, dar ea se strecură cu atâta dibăcie, încât el îi pierdu și acuma urma. De data asta însă, el pusese la cale un șiretlic: porunci să fie unse cu smoală scările palatului și, când Cenușăreasa coborî în fugă, pantofiorul de aur din piciorul stâng îi rămase lipit de o treaptă. Feciorul de împărat îl luă în palmă și se minună cât de micuț și de frumos era!

A doua zi, cu noaptea în cap, prințul se înfățișă la tatăl Cenușăresei, scoase pantofiorul și zise:

– Voi lua de nevastă numai pe fata pe-al cărei picior se va potrivi pantofiorul acesta. De nimeni alta, în afara de ea, n-am nevoie!

Tare s-au mai bucurat cele două surori vitrege auzind vorbele feciorului de împărat, căci amândouă se lăudau că au piciorul mic. Cea mai mare merse în iatac să-l încalțe, iar maică-sa o urmă. Dar ce să vezi! Pantofiorul era atât de mic, încât degetul cel mare nu încăpea deloc. Atunci maică-sa îi întinse un cuțit, zicându-i:

– Taie-ți degetul și gata! Când vei fi împărăteasă, n-o să mai mergi pe jos!

Fata își tăie degetul cel mare, încălță cu greu pantofiorul cel de aur și, mușcându-și buzele de durere, veni în fața feciorului de împărat. El n-avu încotro și o luă de mireasă. O urcă alături pe cal și porniră împreună la palat. Drumul lor trecea chiar pe lângă alunul de lângă mormânt, unde pe-o creangă stăteau două porumbițe. Acestea prinseră a cânta:

*– Ia te uită cum o strânge*
*Pantofiorul plin de sânge,*
*Să te-nșele vrea, vezi bine,*
*Nu e fata pentru tine!*
*Căci mireasa-adevărată*
*E pe-aproape și te-așteaptă.*

Atunci feciorul de împărat se uită cu luare-aminte la piciorul fetei şi văzu cum îi şiroieşte sângele din pantofior. Pe dată întoarse calul, duse fata cea mincinoasă acasă şi le zise părinţilor că nu ea este mireasa cea adevărată. Apoi ceru să încerce şi cealaltă fată pantofiorul. Se duse în iatac şi sora mijlocie, dar, când dădu să bage piciorul, nu încăpea şi gata! Degetele-i intrară, dar călcâiul îi rămase afară, oricât se sili să-l bage înăuntru. Dacă văzu mamă-sa asta, îi întinse cuţitul şi o îndemnă:

– Ce mai aştepţi? Taie-ţi iute o bucată din călcâi; când vei fi împărăteasă, n-o să mai mergi pe jos.

Fata îşi tăie o bucată din călcâi, încălţă cu chiu cu vai pantofiorul şi, muşcându-şi buzele de durere, veni în faţa feciorului de împărat. El n-avu încotro şi o luă de mireasă. O urcă pe cal şi porniră împreună la palat. Dar când trecură pe lângă alun, cele două porumbiţe prinseră iar a cânta:

*– Ia te uită cum o strânge,*
*Pantofiorul plin de sânge,*
*Să te-nşele vrea, vezi bine,*
*Nu e fata pentru tine!*
*Căci mireasa-adevărată*
*E pe-aproape şi te-aşteaptă.*

Atunci feciorul de împărat se uită cu luare-aminte la piciorul fetei şi văzu cum şiroia sângele din pantofior, iar ciorapul alb se înroşise. Întoarse îndată calul, duse mireasa mincinoasă înapoi şi zise:

– Nici asta nu-i cea adevărată. Nu mai aveţi altă fată?

– Cum să zic, mai am una... de la nevasta dintâi, o biată Cenuşăreasă, însă cred eu că nu poate să fie ea mireasa!

Dar feciorul de împărat ceru să fie chemată şi Cenuşăreasa.

– E plină de cenuşă, sări cu gura mama vitregă, nu poate ieşi în lume.

Tânărul prinţ însă stărui s-o vadă cu orice preţ; de voie, de nevoie, trebuiră s-o aducă pe Cenuşăreasă. Numai că fata avusese grijă să se spele pe mâini şi pe faţă şi abia apoi veni dinaintea feciorului de împărat, se închină, iar el îi întinse pantofiorul de aur. Cenuşăreasa se aşeză pe un scăunel, scoase din picior sabotul cel greoi şi încălţă pantofiorul, care-i veni ca turnat. Şi când fata se ridică şi el o privi drept în ochi, o recunoscu de îndată pe frumoasa domniţă cu care dansase şi care-i pusese inima pe jar.

– Asta-i mireasa cea adevărată! zise el atunci, cu bucurie.

Mama vitregă şi cele două fiice ale ei au înţepenit de spaimă şi de invidie. Iar feciorul de împărat o luă pe Cenuşăreasă, o urcă pe cal şi porniră amândoi spre palat. Când trecură pe lângă alun, cele două porumbiţe albe prinseră a cânta vesele:

*Ia te uită, n-o mai strânge,*
*Şi-n pantof nu-i pic de sânge.*
*Ea-i mireasa-adevărată,*
*Mult dorită şi visată!*

Şi îndată ce isprăvirä de cântat, se aşezară pe umerii Cenuşăresei, câte una pe fiecare umăr, şi rămaseră acolo.

Iar când a venit vremea să facă nuntă, au apărut şi cele două surori vitrege, căci îşi puseseră în gând s-o linguşească pe Cenuşăreasă. Când alaiul de nuntă porni către biserică, sora cea mare se aşeză în dreapta miresei, iar cea mai mică, în stânga. Şi porumbiţele le ciugulirä câte un ochi. Apoi, când se întoarseră de la biserică, cea mai mică se aşeză în partea dreaptă, iar cea mai mare, în stânga; şi porumbiţele le ciugulirä şi celălalt ochi.

Aşa au fost pedepsite cele două fete, să rămână pentru toată viaţa fără lumina ochilor, fiindcă erau fäţarnice şi haine la suflet.

# Degețel

A fost odată un țăran sărac. Și într-o seară, ședea el lângă vatră și scormonea jăraticul, în vreme ce nevastă-sa torcea. Deodată, omul nostru zise cu năduf:

– Păcat că n-avem și noi copii! Casa noastră parcă-i pustie, pe când casele altora sunt pline de zarvă și de veselie...

– Că bine zici, răspunse femeia oftând, măcar un copilaș de-am avea! Chiar mic de tot, cât degetul de la mână, și tot mi-ar fi tare drag de el. Știu că tare l-am mai iubi!

După o vreme, femeia rămase grea și, peste șapte luni, aduse pe lume un copilaș sănătos și voinic, doar că era tare mic, numai cât degetul mare de la mână.

Părinții erau în culmea fericirii și ziceau întruna:

– Se vede treaba că Domnul ne-a îndeplinit dorința, și pruncul acesta va fi odorul nostru cel mai scump.

Și cum era doar de-o șchioapă, i-au pus numele Degețel. Băiatul nu ducea lipsă de nimic, era hrănit numai cu bunătăți, dar de crescut n-a mai crescut, a rămas tot mititel, cum îl făcuse maică-sa. În schimb, era un copil cuminte, avea o privire isteață și era ager la minte. Făcea lucrurile cu multă migală și îndemânare și toate-i reușeau.

Într-o bună zi, ţăranul se pregătea să meargă la pădure, ca să taie nişte lemne, şi zise aşa, într-o doară:

– Bine-ar fi să am şi eu pe cineva care să vină apoi după mine cu căruţa, să aducem lemnele din pădure!

– Vin eu cu căruţa, zise atunci Degeţel, nu avea grijă de asta, tăicuţă! Spune numai când vrei să ajung cu ea în pădure.

– Ei, şi cum ai să ajungi tu acolo? zise tatăl neîncrezător. Eşti prea mic să poţi mâna calul!

– Aşteaptă numai şi-ai să vezi, tăicuţă, cum am să mă descurc. Mama o să înhame calul, iar eu am să mă bag în urechea lui şi de acolo am să-i spun încotro să meargă.

– Dacă aşa zici, se învoi tatăl, hai să încercăm!

Când văzu că e vremea de plecare, mamă-sa înhămă calul la căruţă şi-l băgă pe Degeţel în urechea lui. Băiatul începu să-l îndemne: „Dii, murgule, dii!"

Degeţel se descurca de minune, ca un vizitiu sadea, şi căruţa ţinea mereu drumul cel bun. Ajunse aşa până-n buza pădurii, dar, la un cot, pe când îndemna calul „Dii murgule, dii!", îi ieşiră în cale doi străini.

– Ia te uită, frăţioare, făcu unul cu mirare, ce-o mai fi şi asta? Oare cine mână calul de merge căruţa singură, că de văzut nu se vede nimeni.

– Să ştii, că nu-i lucru curat! spuse celălalt. Ia să ne luăm după căruţă, să vedem unde se opreşte.

Merse căruța aşa până în adâncul pădurii, chiar la locul unde țăranul tăia lemne. De cum îl văzu pe taică-său, Degețel strigă bucuros:

– Vezi, tăicuță, ți-am adus căruța, aşa cum ne-a fost vorba! Acum scoate-mă, rogu-te, de aici.

Țăranul luă calul de dârlogi cu o mână, iar cu cealaltă îşi scoase feciorul din urechea lui. Vesel nevoie mare, Degețel se aşeză pe un fir de iarbă, să-şi tragă puțin sufletul.

Când îl văzură pe băiat, cei doi străini rămaseră muți de uimire. După ce s-au dezmeticit, unul dintre ei îl trase pe celălalt deoparte şi-i zise:

– Dacă l-am arăta prin târguri, prichindelul ăsta ar putea să ne aducă bune parale. Ia să încercăm să-l cumpărăm de la taică-său că s-ar putea să ne pricopsim.

S-au apropiat de țăran zicându-i:

– Ascultă, omule, n-ai vrea să ni-l vinzi pe băiețelul ăsta? Are s-o ducă bine la noi, să fii fără grijă!

– Nici să n-aud, zise țăranul. Doar un copil am şi nu-l vând chiar să-mi dați tot aurul din lume.

Degețel auzise şi el că străinii vor să-l cumpere şi se cățără iute pe haina lui taică-său şi când ajunse pe umăr îi şopti la ureche:

– Vinde-mă, tăicuță, că am să mă întorc cu bine înapoi.

Atunci, țăranul îl ascultă pe băiat şi se-nvoi să-l vândă celor doi străini, luând bani buni pe el.

– Unde vrei să stai? îl întrebară cei doi când se porniră la drum.

– Aşezaţi-mă pe marginea pălăriei, aşa ca să mă pot plimba în voie şi să admir priveliştile, fără teamă că pot să cad.

Oamenii îi făcură pe plac şi, după ce Degeţel îşi luă rămas-bun de la taică-său, plecară. Merseră ei ce merseră şi, pe înserate, flăcăiaşul zise:

– Daţi-mă iute jos, rogu-vă, că trebuie să-mi fac nevoile.

– Stai cuminte, răspunse cel cu pălăria, şi fă acolo ce ai de făcut. Şi pă-sările îşi mai lasă câteodată găinaţul pe pălăria mea... doar n-o să le port pică pentru atâta lucru.

– Asta nici în ruptul capului, răspunse Degeţel, acasă am fost învăţat să mă port cum se cuvine. Daţi-mă iute jos!

Văzând că n-are încotro, omul îşi scoase pălăria şi îl aşeză la marginea drumului. Degeţel se strecură printre bulgării de pământ, găsi o gaură de şoarece, pe care o ochise din timp, şi se ascunse înăuntru.

– Noapte bună, nătăfleţilor! le strigă Degeţel în bătaie de joc... De-acum mergeţi acasă şi fără mine...

Cei doi alergară într-un suflet până la gaura de unde-i auziseră vocea şi începură să scotocească cu un băţ, dar degeaba, pentru că Degeţel se vâra tot mai în adânc. Dar cum înnoptase şi se făcuse întuneric beznă, se văzură nevoiţi să se întoarcă acasă cu mâinile goale.

Când Degeţel se convinse că au plecat, ieşi din ascunzătoare. „Aş putea să dau de belea dacă merg pe câmp pe aşa beznă, îşi zise. Ori îmi rup gâtul, ori vreun picior!" Norocul lui a fost să găsească o găoace de melc. „Slavă Domnului, se gândi băiatul, că acum am unde mă ascunde peste noapte", şi se vârî înăuntru.

Dar, când să aţipească, auzi doi oameni trecând prin apropiere. Unul dintre ei zicea:

– Cum oare să punem mâna pe argintăria popii, că-i tare bogat?

– Stai, că-ţi spun eu cum! strigă Degeţel.

– Ce-a fost asta? întrebă speriat unul dintre hoţi.

Parcă a fost glas de om.

Cei doi se opriră în loc şi traseră cu urechea. Atunci, Degeţel iarăşi zise:

– Luaţi-mă cu voi, că vă pot fi de ajutor!

– Dar tu cine eşti şi de unde vorbeşti cu noi?

– Căutaţi-mă pe jos, de unde vine glasul, răspunse Degeţel.

În cele din urmă, hoţii îl găsiră.

– Măi, pui de om, cum crezi c-ai putea să ne ajuţi?

– Păi, vă spun eu cum, grăi băiatul. Am să mă strecor printre zăbrelele cămării şi am să vă dau tot ce veţi pofti.

– Fie, ziseră hoţii. Să vedem de ce eşti în stare.

Când ajunseră la casa preotului, Degeţel se strecură în cămară şi începu să ţipe cât îl ţinea gura:

– Să vă dau tot ce găsesc pe aici?

Hoţii, speriaţi, căutau să-l domolească:

– Vorbeşte, omule, mai încet, c-ai să trezeşti toată casa!

Dar Degeţel se prefăcea că nu-i aude şi striga încă şi mai tare:

– Spuneţi-mi, vreţi să luaţi chiar tot?

Bucătăreasa, care dormea în odaia vecină, se trezi la auzul zgomotului şi, aşezându-se pe marginea patului, trase cu urechea. Speriaţi de ţipetele lui, hoţii o luară la sănătoasa. După o vreme prinseră iar curaj, zicându-şi: „Năpârstocul ăsta vrea să-şi bată joc de noi". Se întoarseră şi şoptiră printre dinţi:

– Te-ai cam întrecut cu gluma, dă-ne ceva din cămară!

Atunci, Degeţel răcni din răsputeri:

– Vă dau tot ce este aici, numai întindeţi mâinile!

De data asta, bucătăreasa auzi totul de minune, sări din pat şi dădu buzna în cămară. Auzind paşi, hoţii o luară la fugă de le scăpărau călcâiele. Iar bucătăreasa, nevăzând nimic în întuneric, merse să aprindă o lumânare. Când se întoarse cu lumina, Degeţel se strecură pe lângă ea şi se duse în hambar. După ce a scotocit prin toate ungherele, bucătăreasa s-a culcat din nou, gândindu-se că poate i se năzărise. Iar Degeţel urcă pe o grămadă de fân şi, găsind un locşor de dormit, hotărî să se odihnească până-n zori şi apoi să se întoarcă acasă, la părinţi.

Dar vezi că îi fusese sortit să mai treacă şi prin alte necazuri, căci multe belele îi sunt date omului să tragă pe lumea asta!...

Când se crăpă de ziuă, bucătăreasa se sculă şi se duse să dea de mâncare la vite. Intră mai întâi în hambar şi luă un braţ de fân, chiar din locul unde se odihnea Degeţel. Băiatul dormea atât de adânc, încât se trezi doar când era în gura unei vaci, care îl apucase odată cu fânul.

– Doamne sfinte, se miră el, cum de am nimerit în râşniţa asta?

Dar iute înţelese unde se află, încercând să se strecoare printre măselele vacii ca să nu fie strivit. Alunecă însă pe gât şi se pomeni în burta vitei. „Se vede treaba c-au uitat să facă ferestre la cămăruţa asta, îşi zise Degeţel, de aceea n-are pe unde intra soarele şi nici foc nu se prea face pe-aici." Nu-i plăcea defel locul unde era, şi cel mai mult îl sâcâiau vălătucii de fân care veneau unul după altul şi îl strâmtorau rău. De frică, Degeţel prinse a striga:

– Nu mai vreau fân! Nu-mi mai daţi fân!

Tocmai atunci, bucătăreasa mulgea vaca şi auzi că strigă cineva, dar nu înţelegea de unde vine glasul. I se păru însă că era acelaşi glas pe care îl auzise noaptea, şi într-atât se sperie, încât se răsturnă de pe scăunel şi vărsă tot laptele din găleată. Fugi într-un suflet la stăpânul ei şi, abia trăgându-şi răsuflarea, îi zise:

– Aoleo, părinte, vaca noastră vorbește!

– Se vede treaba că te-ai țicnit, femeie! se supără popa, dar o urmă în grajd, să vadă cu ochii lui ce se întâmplă. De îndată ce îi auzi, Degețel iar începu să strige:

– Nu-mi mai dați fân! Nu mai vreau fân!

Popa se sperie şi el şi, îngrozit că a intrat necuratul în vaca lui, porunci să fie tăiată. Aşa se făcu, iar burta în care nimerise Degeţel o aruncară la gunoi.

Băiatul izbuti cu greu să iasă de acolo. Dar abia ieşi la lumină, că o altă belea se abătu asupra lui. Chiar atunci, s-a nimerit pe acolo un lup flămând şi, văzând măruntaiele, le înghiţi. Degeţel însă nu se pierdu cu firea. „Las' că m-oi înţelege şi cu lupul", se gândi el şi îi strigă din burtă:

– Lupule, m-auzi? Ştiu eu un loc unde ai putea mânca pe săturate!

– Ei... şi cam unde ar fi locul acela? întrebă lupul.

– Ţi l-oi arăta eu, dar mai întâi trebuie să treci printr-o gaură în perete şi apoi să intri în cămară. Acolo ai să găseşti şi plăcinte, şi slănină, şi cârnaţi, într-un cuvânt, va fi un ospăţ pe cinste.

Lupul o luă din loc şi, când ajunse în casa părinţilor lui Degeţel, se strecură printr-o gaură în peretele cămării, şi înfulecă lacom din tot ce găsi acolo. După ce se sătură, vru să-şi ia tălpăşiţa pe unde intrase, dar burdihanul i se umflase într-atât, că nu mai fu chip să treacă prin gaură! Tocmai asta şi aştepta Degeţel, care începu să facă o larmă straşnică în burta lupului, răcnind cât îl ţineau puterile.

– Da' mai taci odată, se oţărî lupul, că ai să-i trezeşti pe toţi din somn.

– Ce-mi pasă mie! zise Degeţel. Tu văd că te-ai săturat, acum lasă-mă şi pe mine să-mi fac hatârul.

Şi începu iar să ţipe şi să chiuie.

De atâta zarvă, părinţii băiatului se treziră şi veniră în fugă la uşa cămării. Priviră înăuntru printr-o crăpătură şi, când au văzut lupul, îndată au sărit îndărăt. Ţăranul apucă iute toporul, iar nevastă-sa, coasa.

– Ţin'-te după mine, femeie! zise bărbatul intrând în cămară. Eu am să-l lovesc cu toporul, iar tu să-i spinteci burta cu coasa.

Auzind glasul lui taică-său, Degeţel strigă:

– Tăicuţă, eu mi-s aici, în burta lupului!

Tatăl îi recunoscu glasul şi abia îşi putu stăpâni bucuria:

– Slavă Domnului, că te-am găsit, copile!

Îi zise nevestei să lase coasa, ca nu cumva să-l rănească pe Degeţel. Apoi îşi luă avânt şi îl pocni pe lup în moalele capului, iar acesta căzu secerat. Aduseră apoi un cuţit şi o foarfecă, spintecară burta lupului şi îl scoaseră de acolo viu şi nevătămat pe băieţelul lor cel drag.

– Nu ne găseam locul de grija ta, zise taică-său.

– Slavă Domnului că am ajuns iar să văd lumina zilei!

– Şi unde mi-ai tot umblat, băiatul tatei?

– Numai pe unde n-am umblat, tăicuţă, am fost şi-n gaură de şoarece, şi-n burta unei vaci, şi-n cea a lupului, dar acum rămân acasă cu voi şi n-am să mai plec nicăieri.

– Iar noi n-o să te mai dăm nici pentru toate comorile din lume, spuseră părinţii, dezmierdându-l. Îl aşezară apoi la masă şi-l ospătară cu toate bunătăţile ce le aveau, apoi îi cusură haine noi, căci cele vechi se cam ponosiseră în timpul peregrinărilor sale.

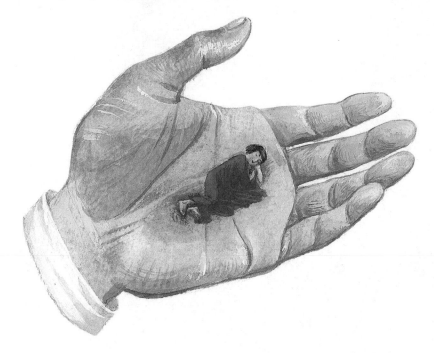

# Hänsel și Gretel

A fost odată un tăietor de lemne tare sărac. Și omul acesta avea o căscioară la marginea unui codru des și acolo își ducea traiul, cu nevasta lui de-a doua, căci prima murise și-l lăsase cu doi copii: un băiat, pe nume Hänsel, și o fetiță, Gretel.

De la o vreme, pe meleagurile acelea se abătuse așa o scumpete, că bietul om n-avea nici măcar o coajă de pâine ca să-și hrănească copiii. Într-una din nopți, ședea întins în pat, se tot foia și ofta din greu. Apoi, îi zise nevestei:

– Ce-o să ne facem acum, femeie? Cum o să ne hrănim copilașii, dacă nici noi n-avem ce pune în gură?

– Uite ce m-am gândit eu, bărbate, zise nevasta. Să luăm mâine în zori copiii și să-i ducem în pădure, în desișul cel mai mare. Facem acolo un foc, le dăm și câte un codru de pâine, iar apoi ne vedem de treabă. N-or să mai găsească drumul spre casă și poate așa scăpăm de ei.

– Te-ai smintit de tot, nevastă! țipă tăietorul de lemne. Nu fac eu una ca asta! Nu mă lasă inima să-mi părăsesc copiii singuri în pădure, să-i mănânce fiarele.

– Că nătâng mai ești, măi, omule! îl ocărî femeia. Atunci o să murim cu toții de foame. Nu ai decât să pregătești de pe-acum scândurile pentru coșciuge.

Și atâta îl bătu la cap, până când omul nu mai avu încotro și se învoi.

– Dar tot mi-e milă de sărmanii noştri copilaşi! zise oftând tăietorul de lemne.

În timpul acesta, copiii, de flămânzi ce erau, n-au putut să adoarmă şi au auzit tot ce îi spusese scorpia de femeie. Gretel începu să plângă cu lacrimi amare şi şopti:

– Acuma, se vede că s-a zis cu noi! N-avem nicio scăpare.

– Fii pe pace, surioară, nu-ţi fă inimă rea! zise Hänsel. O să născocesc eu ceva.

Şi, când părinţii lor adormiră, băiatul se dădu jos din pat, se furişă pe uşa din dos şi ieşi afară. Luna strălucea în înaltul cerului, iar pietricelele albe din faţa casei sclipeau ca nişte bănuţi de argint. Hänsel se aplecă şi îşi umplu buzunarele cu pietricele, după care se întoarse tiptil în casă şi îi şopti lui Gretel:

– Fii liniştită, dragă surioară, că Domnul o să ne aibă în pază!

Apoi, se culcă şi el şi adormi.

Nici nu se crăpase bine de ziuă, că scorpia veni să-i trezească pe copii.

– Sculaţi-vă, trântorilor! Mergem la pădure, să adunăm lemne. Le dădu câte o bucată de pâine şi zise: Asta o să vă fie prânzul. Să nu mâncaţi pâinea mai înainte, că altceva nu mai vedeţi!

Gretel luă toată pâinea şi-o vârî sub şorţuleţ, fiindcă buzunarele lui Hänsel erau pline cu pietricele. Apoi plecară cu toţii în pădure.

Merseră ei ce merseră, şi Hänsel se tot oprea în drum şi se uita înapoi. Observând asta, taică-său îl întrebă:

– Ce te tot uiţi îndărăt, Hänsel? Vino mai repede după noi!

– Ştii, tăicuţă, zise Hänsel, mă uit la pisicuţa mea cea albă. S-a urcat pe acoperiş şi priveşte în urma mea, de parcă vrea să-şi ia rămas-bun.

– Că nătărău mai eşti, sări cu vorba cotoroanţa. Nici pomeneală de pisică, e soarele care răsare de după hornul alb al casei.

Dar Hänsel nu se uitase după nicio pisicuţă, ci scotea din buzunar câte o pietricică şi o lăsa să cadă pe cărare.

Când au ajuns în desişul pădurii, tăietorul de lemne le spuse:

– Acuma, copii, mergeţi după vreascuri, iar eu am să fac un foc zdravăn, să nu vă ia frigul.

Hänsel şi Gretel strânseră o grămadă de vreascuri. Când focul se înteţi, mama vitregă le zise:

– Staţi lângă foc, copii, şi odihniţi-vă, că noi ne ducem în pădure să tăiem lemne. Când om termina treaba, venim îndată după voi.

Se aşezară Hänsel şi Gretel lângă foc, iar la amiază îşi mâncă fiecare coltucul de pâine. Şi cum auzeau mereu lovituri de topor, credeau că tatăl lor trebuie

să fie undeva pe aproape. Dar vezi că loviturile acelea nu erau de topor. Omul legase o creangă mare de un copac cioturos şi, când bătea vântul, ea se lovea de trunchiul lui. Copiii tot aşteptară îndelung să vină părinţii, apoi ochii prinseră să li se închidă de oboseală şi ei adormiră buştean. Când s-au trezit, era întuneric beznă. Gretel începu să plângă, zicând:

– Cum mai găsim acum drumul spre casă?

– Nu-ţi fă grijă, o să răsară luna şi atunci găsim noi drumul, zise Hänsel.

Când răsări luna, Hänsel o luă pe Gretel de mână şi merseră pe urma pietricelelor, care străluceau ca bănuţii de argint şi le arătau drumul. Merseră ei aşa toată noaptea şi la revărsatul zorilor ajunseră la casa părintească. Bătură la uşă şi, când mama vitregă le deschise şi-i văzu, se prefăcu îndată îngrijorată şi zise:

– Copii neascultători ce sunteţi, de ce aţi dormit atâta timp în pădure? Am crezut că nu mai veniţi acasă.

Tatăl însă se bucură nespus văzându-şi copiii teferi, căci stătuse cu inima frântă după ce-i lăsară singuri în pădure. Mai trecu ceva vreme şi în casa tăietorului de lemne iar nu se mai găsea nimic de mâncare. Şi copiii o auziră din nou pe mama vitregă spunându-i într-o noapte tatălui lor:

– Iară am terminat merindele. Ne-a mai rămas doar o jumătate de pâine! Trebuie să scăpăm de copii, să-i ducem în fundul pădurii, ca să nu mai poată găsi drumul acasă! Altă ieşire n-avem.

Tăietorul de lemne simţi cum i se pune o piatră pe inimă şi se gândi în sinea lui: „Mai bine ar fi să-mpărţim cu copiii şi ultima bucăţică.”

Dar nevastă-sa nici nu voia să audă de aşa ceva şi-l tot sâcâia şi-l certa. Apoi vorba proverbului: dacă ai intrat în horă, trebuie să joci. Şi cum s-a învoit o dată să-i ducă pe copii în pădure, aşa trebuia să se învoiască şi acum.

Dar copiii erau treji şi auziră ce-au vorbit părinţii. După ce tatăl şi mama vitregă adormiră, Hänsel se sculă din pat şi dădu să iasă afară, să strângă pietricele ca mai înainte; mama vitregă însă avusese grijă să încuie uşa, aşa că băiatul nu mai putu ieşi din casă. Şi cu toate că avea inima grea, o mângâie pe Gretel şi zise:

– Nu mai plânge, surioară, dormi liniştită. Nu ne prăpădim noi!

Nici nu se lumină bine de ziuă, că mama vitregă îi trezi şi le dădu câte o bucată de pâine, şi mai mică decât data trecută. Şi plecară din nou în pădure, iar Hänsel, în timp ce mergeau pe potecă, fărâmiţa pâine în buzunar, se oprea şi arunca firimiturile pe jos. Atunci tăietorul de lemne strigă:

– Ce te opreşti mereu, Hänsel, şi te uiţi în urmă? Hai, vino mai repede cu noi!

– Mă uit după porumbelul meu cel alb, răspunse Hänsel. Stă pe acoperiş şi se uită în urma mea, de parcă ar vrea să-şi ia rămas-bun.

– Că tont mai eşti, băiete, sări cu vorba mama vitregă. Nu-i niciun porumbel, e soarele care răsare de după hornul alb al casei.

Hänsel însă arunca întruna firimituri pe cărare. Mama vitregă îi duse pe copii şi mai departe în adâncul pădurii, într-un loc unde nu mai fuseseră niciodată. S-au oprit într-o poieniţă, au făcut iarăşi un foc mare şi cotoroanţa a zis cu făţărnicie:

– Staţi aici, copilaşi, iar dacă vă apucă toropeala, odihniţi-vă niţel. Noi ne ducem în pădure să tăiem lemne şi, după ce isprăvim lucrul, ne întoarcem după voi, pe înserat.

Când se făcu amiază, Gretel împărţi bucăţica ei de pâine cu Hänsel, căci băiatul o presărase pe-a lui pe drum. Apoi, istoviţi de foame şi de grijă, adormiră amândoi. Se însera, dar nu mai veni nimeni după bieţii copii. S-au trezit abia pe la miezul nopţii, şi Hänsel o linişti pe surioara lui, zicând:

– Aşteaptă puţin, Gretel, o să răsară acuşi luna şi atunci găsim drumul, după firimiturile de pâine.

De îndată ce luna se înălţă pe cer, copiii porniră să caute drumul. Căutară ei ce căutară, dar nu-l mai găsiră. Vezi că păsările pădurii ciuguliseră toate firimiturile. Hänsel zise atunci:

– Fii pe pace, scumpă surioară. Las' că până la urmă găsim noi drumul înapoi!

Merseră ei toată noaptea şi pe deasupra încă o zi, de dimineaţă până-n seară, dar nu izbutiră să iasă din pădure. Erau sleiţi de foame, căci nu mai puseseră nimic în gură, afară doar de câteva poame sălbatice pe care le culeseseră de pe jos. De istoviţi ce erau, abia îşi mai târau picioarele, aşa că se ghemuiră amândoi sub un copac şi adormiră.

Veni şi a treia dimineaţă de când cei doi copii plecaseră din casa părintească. De cum se iviră zorile, porniră iar la drum, dar, cu cât mergeau, cu atât se adânceau tot mai mult în inima pădurii. Şi viaţa le era pusă în mare primejdie,

dacă nu dădeau de vreo aşezare omenească. Pe la amiază, copiii văzură pe o creangă o păsărică albă care cânta de-ţi era mai mare dragul şi, fermecaţi, se opriră s-o asculte.

Dintr-odată, păsărica amuţi, bătu din aripi şi îşi luă zborul prin faţa lor. Copiii s-au tot ţinut după ea, până când au ajuns la o căsuţă. Păsărica se lăsă pe acoperiş şi, când copiii se apropiară, văzură că nu era o căsuţă oarecare, ci una făcută din turtă dulce, cu acoperiş de cozonac şi cu geamuri din zahăr. Hänsel zise:

– Hai să ne înfruptăm! Eu am să mănânc din acoperiş, căci tare bun trebuie să mai fie, iar tu, Gretel, gustă din fereastră, că pare dulce.

Şi Hänsel se înălţă pe vârfurile picioarelor şi rupse o bucăţică din acoperiş, iar Gretel începu să ronţăie cu poftă dintr-un geam. Şi doar ce auziră din căsuţă un glas piţigăiat:

– *Cine umblă fără frică*
*Şi căscioara mea o strică?*

Iar copiii răspunseră:

– *Musafir zănatic,*
*Vântul nebunatic!*

Şi continuară să mănânce pe întrecute. Cum îi plăcuse tare acoperişul, Hänsel mai rupse o bucată din el, iar Gretel desprinse un ochi de fereastră, se rezemă de peretele căsuţei şi se puseră amândoi pe mâncat.

Deodată, uşa se deschise şi în prag apăru o bătrână gârbovită de ani, care se sprijinea într-o cârjă. La vederea ei, Hänsel şi Gretel

se speriară atât de tare, încât scăpară din mână toate bunătățile. Bătrâna clătină din cap şi zise cu glas mieros:

– Ei, dragii mei copilaşi, cum ați ajuns aici? Poftiți înăuntru, că nu vă fac niciun rău.

Îi prinse pe amândoi de mână şi îi duse în căsuță. Acolo îi aştepta o masă îmbelşugată: lapte, clătite presărate cu zahăr, mere şi nuci. Baba îi pofti să ospăteze.

După ce mâncară pe săturate, ea le pregăti două pătuţuri moi, cu cearşafuri albe ca zăpada. Hänsel şi Gretel se culcară fericiţi, zicându-şi în gând: „Parcă am fi ajuns în rai".

Baba de fapt era o vrăjitoare rea, care numai se prefăcea că-i prietenoasă. Ea pândea copiii, ademenindu-i cu căsuţa din turtă dulce. Dacă punea mâna pe vreun copilaş, îndată îi făcea felul, îl fierbea şi apoi îl mânca. Ziua în care avea noroc de un asemenea ospăţ, o socotea drept sărbătoare. Avea ochii roşii, ca toate vrăjitoarele, şi nu sta deloc bine cu vederea, dar adulmeca de departe, precum fiarele, fiinţă omenească. Şi când i-a simţit pe Hänsel şi Gretel apropiindu-se de căsuţă, nu-şi mai încăpea în piele de bucurie. Râse cu răutate zicându-şi: „Acuşica pun mâna pe ei! Acum chiar că n-au scăpare!"

Dis-de-dimineaţă, pe când copiii încă dormeau, cotoroanţa se sculă şi, când văzu cât de frumos dormeau şi ce obrăjori rumeni şi dolofani aveau, îşi zise: „Ce mâncărică bună o să-mi gătesc!" Îl înhăţă pe Hänsel din pat, îl duse într-un coteţ cu gratii de fier şi îl închise acolo. „N-are decât să strige cât vrea, că nu-l mai aude nimeni să-l ajute!" mormăi baba. Apoi o trezi pe Gretel şi-i porunci:

– Scoală, leneşo, şi du-te de adu apă şi găteşte-i fratelui tău ceva gustos, că stă colo în coteţ. Mai trebuie să-l îngrăşăm niţel, ca să-l pot mânca.

Gretel începu să plângă cu lacrimi amare. Dar n-avea încotro, trebuia să-i facă voia babei. Şi în timp ce lui Hänsel i se dădeau cele mai bune bucate, Gretel trebuia să se mulţumească doar cu rămăşiţele, şi acelea obţinute cu greu de la zgârcenia de hoaşcă. În fiecare dimineaţă, baba şontâcăia spre coteţ şi-i zicea lui Hänsel:

– Ia dă-mi degetul, Hänsel, să văd dacă te-ai îngrăşat destul.

Hänsel însă, în loc de deget, îi întindea un oscior. Şi cum vrăjitoarea era cam chioară şi vedea ca prin ceaţă, pipăia osciorul şi se mira că Hänsel nu se îngraşă defel. Aşa trecură patru săptămâni, şi Hänsel tot nu se împlinea. Atunci, baba, sătulă de atâta aşteptare, strigă:

– Hei, Gretel, adu câteva găleţi cu apă de la izvor! Gras, slab, cum o fi, mâine-dimineaţă îl tai pe Hänsel şi-l mănânc.

Nici nu vă puteţi închipui cât de greu i-a fost bietei fete să care apa! Lacrimile îi şiroiau amare pe obraji.

– Doamne, ajută-ne! strigă ea disperată. Poate că era mai bine dacă ne sfâşiau fiarele pădurii! Atunci cel puţin am fi murit odată amândoi!

– Nu mai scânci atâta! se răsti baba. Acum chiar că nu-l mai poţi ajuta cu nimic.

Cotoroanţa o sculă pe Gretel cu noaptea în cap şi-i porunci să atârne cazanul pentru fiertură într-un cârlig de fier, să-l umple cu apă şi să aprindă focul.

– Mai întâi o să coacem pâinea, zise baba, că am încins cuptorul şi aluatul e gata frământat. Şi o împinse pe sărmana Gretel către cuptorul din care răbufnea văpaia focului. Hai, bagă-te în cuptor, îi porunci vrăjitoarea, şi vezi dacă-i bine încălzit, ca să punem pâinea la copt.

Baba cea vicleană stătea gata să trântească uşa, de îndată ce Gretel ar fi intrat în cuptor, ca s-o frigă şi s-o mănânce. Numai că fata noastră cam bănuia ce-şi pusese în gând baborniţa şi se prefăcu nătângă şi neîndemânatică:

– Nu prea ştiu cum să intru, mă tem că n-o să încap.

– Netoată mai eşti! Uite ce gură mare are, că până şi eu încap, zise baba, urcând pe marginea cuptorului şi băgându-şi capul înăuntru.

Lui Gretel doar atâta îi trebuia. Îi dădu un brânci vrăjitoarei de se duse de-a berbeleacul până în fundul cuptorului. După asta închise iute ușița de fier și trase zăvorul. Aoleu! ce țipete înfricoșătoare răsunau dinăuntru!.. Gretel fugi de-acolo, lăsând-o pe blestemata de babă să ardă până se făcu scrum.

Ajunse într-un suflet la cotețul unde se afla Hänsel, descuie iute lacătul și strigă:

– Hänsel, frățioare, poți să ieși, am scăpat! Vrăjitoarea a ars în cuptor!

Hänsel a țâșnit afară din coteț ca o pasăre din colivie când i se deschide ușița. Și ce s-au mai bucurat cei doi copii, cum țopăiau de fericire, ce s-au mai îmbrățișat și s-au mai sărutat! Acum nu mai aveau de ce se teme, așa că au intrat în căsuța vrăjitoarei unde, prin toate ungherele, stăteau sipete cu mărgăritare și nestemate.

– Astea chiar că-s mai bune decât pietricelele noastre, zise Hänsel și își umplu buzunarele.

Iar Gretel spuse:

– Și eu am să iau acasă câteva, și își umplu șorțulețul.

– Acum, s-o luăm la sănătoasa de aici, zise Hänsel, să ieșim din pădurea asta fermecată.

Au mers ei și au tot mers, până ce au ajuns la o apă mare.

– Cum să trecem oare, spuse Hänsel, că nu se vede niciun pod?

– Și n-avem nici luntre, zise și Gretel, dar uite colo o rață albă; dacă o rog frumos, poate ne ajută să ajungem pe celălalt mal.

Și Gretel strigă:

> – N-avem luntre, nu-i nici pod,
> Trece-ne, rățușcă, înot!

Rața se apropie, iar Hänsel se urcă în spatele ei, spunându-i lui Gretel să se aşeze lângă el.

– Nu se poate, zise Gretel, rățuştei o să-i vină prea greu. Mai bine să ne treacă pe rând.

Şi rața făcu întocmai.

După ce trecură cu bine pe celălalt mal, mai merseră ei o vreme. Pădurea prin care mergeau acum le părea tot mai cunoscută. Apoi, văzură în depărtare şi casa părintească. O luară la fugă, dădură buzna în casă şi se aruncară în brațele tatălui lor. Bietul om, de când îi lăsase singuri în pădure, nu mai avusese linişte. Şi, între timp, mama lor vitregă murise.

Gretel îşi desfăcu şorțulețul şi pe podeaua casei se rostogoliră mărgăritare şi nestemate, iar Hänsel începu să scoată şi el din buzunare câte un pumn de pietre prețioase, până făcu o grămadă întreagă. Şi aşa, tatăl şi copiii scăpară de toate nevoile şi suferințele, şi au trăit de atunci numai în bucurie şi fericire.

# Baba Dochia

A fost odată o văduvă care avea două fete: una frumoasă şi harnică, şi cealaltă, urâtă şi leneşă. Dar vezi că mama ţinea mai mult la fata cea urâtă şi leneşă, pentru că era a ei, iar pe fiica cea vitregă n-o avea deloc la inimă, o punea să trudească din zori şi până-n noapte şi să se îngrijească singură de treburile casei. Şi ca şi cum asta n-ar fi fost destul, biata fată trebuia în fiecare zi să se ducă la fântână şi să toarcă acolo până ce îi ţâşnea sângele din buricele degetelor.

Într-una din zile, îi curse atâta sânge, încât fusul se înroşi. Atunci fata se aplecă deasupra fântânii, ca să-l spele, dar îl scăpă din mâini şi acesta căzu peste ghizdurile fântânii, drept în apă. Fata începu să plângă cu lacrimi amare şi se duse într-o fugă la mama vitregă să-i spună ce a păţit.

Baba o batjocori cum îi veni la gură şi, haină la suflet cum era, îi zise:

– Toantă ce eşti, aşa cum ai ştiut să scapi fusul în fântână, aşa să mi-l aduci înapoi. Du-te şi scoate-l de acolo!

Fata se întoarse atunci la fântână, dar tot nu-i trecea prin cap ce să facă. Cu groază în suflet, de ce avea să păţească dacă nu aducea fusul înapoi, se aruncă în fântână. Şi cum sări în apă, nu mai ştiu ce-i cu ea şi, când îşi veni iar în simţiri, văzu că stă întinsă pe o pajişte minunată, împânzită cu toate florile pământului, care străluceau în lumina soarelui. Se ridică şi porni încotro o vedea cu ochii. Merse ea cât merse, până ce întâlni în cale un cuptor plin cu pâine. Şi pâinea prinse a striga:

– Fată bună, fată bună, scoate-mă, rogu-te, din cuptor, că de mult sunt coaptă!... De mai stau puţin, mă prefac în scrum!

Fata se apropie de cuptor, luă lopata şi scoase pâinile una câte una.

Porni apoi mai departe. Merse ce merse şi ajunse la un măr plin cu mere coapte, de-i atârnau crengile până la pământ. Şi mărul zise:

– Fată bună, fată bună, scutură-mă degrabă, că merele mele de mult s-au copt! De mai stau puţin, putrezesc fără niciun folos!

Atunci fata scutură pomul, până ce căzură toate merele. Le adună apoi grămăjoară, ca să le poată lua cineva, şi îşi văzu de drum.

După o vreme, ajunse la o căsuţă şi la fereastra ei văzu o bătrână, cu dinţii ca de greblă, mari şi clonţaţi. Fata se sperie şi dădu să fugă, dar bătrâna o strigă:

– N-ai de ce să te temi, fata mea! Rămâi la mine şi ajută-mă în gospodărie. Dac-ai să munceşti cu sârg şi ai să rânduieşti treburile casei, rău n-o să-ţi pară. Ai grijă numai să-mi aşterni patul cum se cuvine şi să scuturi bine pernele, ca să se împrăştie fulgii în toate părţile. De nu vei face aşa, să ştii că n-o să ningă, pentru că eu sunt Baba Dochia.

Auzind cât de frumos îi vorbea bătrâna, fata prinse curaj, ba chiar se hotărî s-o slujească. Făcea toate cum îi spunea baba, trebăluia prin casă şi scutura pernele de zburau fulgii în toate părţile. O ducea bine în căsuţa bătrânei şi nu auzea de la ea vreo vorbă rea. Cât despre mâncare şi băutură, ce să vă spun, avea din belşug.

Trecură aşa multe zile, dar de la o vreme fata prinse să tânjească. La început nu înţelegea care-i pricina, dar până la urmă îşi dădu seama că îi era dor de casa părintească. Cu toate că aici o ducea mult mai bine, nu-şi mai găsea locul, şi într-o zi îşi luă inima în dinţi şi spuse:

– Mamă Dochia, mi-e tare bine aici, dar lasă-mă, rogu-te, să mă întorc acasă, că tare mi-i dor!

Baba Dochia o ascultă cu luare-aminte şi zise:

– Înţeleg că ţi s-a făcut dor de casă şi, pentru că m-ai slujit cu credinţă, am să te duc chiar eu înapoi în lumea ta.

O îmbrăţişă apoi cu drag, o luă de mână şi o însoţi până la nişte porţi mari.

Îndată ce se deschiseră porţile şi fata le trecu pragul, porni să cadă din cer o ploaie de aur, care rămase pe straiele fetei, încât era aurită din cap până-n picioare.

– Asta-i răsplata pentru vrednicia ta, zise bătrâna şi-i dădu şi fusul pe care îl scăpase în fântână.

Apoi porţile se închiseră la loc şi fata se trezi iar pe pământ, nu departe de casa în care trăiau mama vitregă şi fiica ei.

Şi când intră în curte, cocoşul, care sta pe colacul fântânii, bătu din aripi şi începu să cânte:

Cucurigu-gagu!
Fata noastră-i aurită,
De mai mare dragu'!

Cum văzură mama vitregă şi fiica ei că fata e pudrată cu aur din cap până-n picioare, o întâmpinară numai cu vorbe dulci. Şi ea le-a povestit de-a fir a păr ce i s-a întâmplat de când plecase în căutarea fusului. Şi când auzi baba cum ajunsese fata cea frumoasă şi harnică la aşa bogăţie, gândi s-o pricopsească şi pe fiica ei cea leneşă. O trimise pe dată să toarcă şi ea la fântână, iar fata cea leneşă, cum ajunse acolo, îşi înţepă înadins degetul cu spinii unui măceş, mânji fusul cu sânge, îl aruncă în apă, apoi sări şi ea după el. Nu trecu multă vreme şi se trezi, ca şi soră-sa, întinsă pe pajiştea cea verde şi plină cu flori. Porni pe aceeaşi cărare şi merse până ajunse la cuptorul plin cu pâine, iar pâinea prinse să strige:

– Fată bună, fată bună, scoate-mă, rogu-te, din cuptor, că de mult sunt coaptă!... De mai stau puţin, mă prefac în scrum!

Dar leneşei nici că-i păsa şi îi răspunse:

– Ba mai puneţi pofta-n cui, că doar n-am să-mi murdăresc eu mânuţele!

Şi plecă mai departe.

Ajunse fata şi la mărul cel plin de rod, care o rugă la rândul lui:

– Fată bună, fată bună, scutură-mă degrabă, că merele mele de mult s-au copt! De mai stau puţin, putrezesc fără niciun folos!

Fata nici nu se uită la el şi răspunse:

– De parcă n-am alta ce face! Dacă-mi cade vreun măr în cap?

Şi-şi văzu de drum.

Când ajunse la căsuța Babei Dochia, intră fără teamă înăuntru, căci aflase de la soră-sa că are inimă bună, dinți mari și clonțați. Se învoi fără tocmeală să fie slujnică. În prima zi împlini întocmai tot ce-i porunci bătrâna, căci era cu gândul numai la răsplata pe care avea s-o primească. A doua zi însă, cum nu era obișnuită să muncească, obosi repede și lucră în silă, de mântuială, iar a treia zi nici nu se mai sculă de dimineață. Făcea totul parcă în ciudă, patul pe care dormea Baba Dochia îl așternea pe apucate și nici nu scutura bine pernele, ca să zboare fulgii din ele. De aceea nu ningea și oamenii nici nu mai știau ce să creadă.

S-a săturat Baba Dochia de așa slujnică și n-a mai vrut s-o țină. Fata atâta și aștepta, socotind cu mintea ei proastă că acum are să primească o grămadă de aur.

Baba Dochia o duse până la porțile cele mari, dar, când fata le trecu pragul, în loc de aur peste ea curse smoală încinsă dintr-un cazan.

– Asta ți-e răsplata pentru muncă, zise Baba Dochia, și închise porțile în urma ei.

Așa se întoarse acasă fata cea leneșă, plină de smoală din cap până-n picioare. Și când o văzu cocoșul, care sta pe colacul fântânii, prinse a cânta:

*Cucurigu-gagu!*
*Fata noastră e smolită,*
*De mai mare dragu'!*

Se spălă multă vreme fata cea leneşă, dar tot nu putu să scoată smoala de pe ea. Şi aşa a rămas câte zile a trăit.

# Albă ca Zăpada și cei șapte pitici

Într-o zi tihnită de iarnă, regina ședea la geamul deschis și broda. În timp ce admira fulgii mari și pufoși care se așterneau pe pământ, se înțepă cu acul în deget. Regina tresări ușor și o picătură roșie de sânge căzu pe zăpadă. În clipa aceea, ea își dori să aibă o fetiță albă-dalbă ca zăpada, cu obrajii rumeni ca sângele și cu părul negru ca tăciunele. Trecu timpul și dorința reginei se împlini. Ea născu o frumusețe de fată, căreia îi spuseră Albă ca Zăpada.

Regina însă muri, și regele se căsători a doua oară. Câtu-i ziulica de mare, noua regină stătea în fața unei oglinzi fermecate pe care o întreba din vreme în vreme: „Oglindă, oglinjoară, cine e cea mai frumoasă din țară?!" Și de fiecare dată își vedea în oglindă propriul chip.

Între timp, Albă ca Zăpada
creştea şi o întrecu în frumuseţe pe
mama sa vitregă. De ciudă, aceasta
îi puse gând rău fetei.

Chemă un vânător şi-i porunci să
o ducă pe Albă ca Zăpada în pădure
şi s-o omoare. Aceluia însă i se făcu
milă de fată, îi mărturisi totul şi o lăsă
să plece unde-or duce paşii.

Apoi, vânătorul prinse un mistreţ,
îl înjunghie, iar inima i-o dădu reginei,
ca mărturie că i-a îndeplinit porunca.

Albă ca Zăpada a plâns cât a plâns,
dar n-avea ce face. Rătăci la voia întâm-
plării prin pădure şi, spre seară, ajunse la
o căsuţă, unde intră să se odihnească.

În acea căsuţă trăiau şapte fraţi
pitici.

Fata frumoasă şi bună la suflet tare le mai fu pe plac, şi aceştia îi propuseră să rămână la ei. Albă ca Zăpada le mulţumi din toată inima şi rămase. Ea trebăluia în gospodărie, gătea, cosea, spăla, făcea curăţenie în casă.

Dimineaţa, piticii plecau la minele din munţi, să scoată aur şi alte metale preţioase, iar seara, când se întorceau acasă, fata îi aştepta cu bucatele aburinde pe masă.

Şi, fiindcă sta toată ziua singurică, piticii o povă-
ţuiau în fiecare dimineaţă să nu lase pe nimeni
să intre în căsuţă, căci foarte curând mama vitregă
va afla de la oglinda fermecată unde stă ascunsă
şi va încerca din nou s-o omoare.

Într-o zi, regina cea haină se uită în oglindă
şi văzu că Albă ca Zăpada e teafără şi nevătămată.
Îşi dădu seama pe dată că vânătorul o înşelase.
Gândul că Albă ca Zăpada o întrece în frumuseţe
nu-i mai dădea pace. Regina prinse a-şi frământa
în fel şi chip mintea cum să-i vină de hac.

Aşa că a luat un măr mare şi rumen şi l-a otrăvit. Acesta putea acum omorî pe oricine ar fi muşcat chiar şi o singură dată din el. Făcu nişte farmece de-şi schimbă şi-şi îmbătrâni faţa, ca să n-o poată cunoaşte nimeni, îmbrăcă straie de pustnică şi se duse în pădure. Ajungând la casa piticilor, care erau atunci în munţi, bătu la uşă. Albă ca Zăpada scoase capul pe fereastră, iar bătrâna îi vorbi mieros.

– Bună ziua, frumoaso, îi spuse ea. Dă-mi, rogu-te, o cană cu apă, să-mi potolesc setea.

Fata, bună la inimă, îi îndeplini rugămintea şi o pofti în casă să se odihnească. Vezi bine că n-o recunoscuse pe mama sa vitregă în această bătrână îmbrăcată ca o pustnică.

– Odihneşte-te, mătuşă!

– Mulţumesc, drăguţă! Ia mărul acesta, ca răsplată pentru grija şi bunătatea ta.

Şi îi întinse mărul cel rumen.

Fata mușcă doar o bucățică din mărul otrăvit și căzu fără suflare la pământ.

Când se întoarseră acasă, piticii o găsiră zăcând fără viață. O chemară îndelung, o scuturară, dar fără de folos. Fata era moartă ca toți morții. Au jelit-o ei îndelung, dar nu aveau cu ce o mai ajuta. Când au dat să o îngroape, au văzut că fata avea bujori în obrajii albi, de parcă n-ar fi murit, ci s-ar fi cufundat numai într-un somn adânc. Cei șapte pitici nu se îndurară să o coboare în pământ, ci îi făcură o raclă de cleștar, ca s-o poată vedea, și o așezară într-o poiană pe un vârf de munte.

Într-una din zile, un prinț tânăr, stăpân peste acele locuri, ieși la vânătoare și se luă după un cerb alb cu ochii mari și triști. Când era gata-gata să-l ajungă, cerbul țâșni într-o poiană și dispăru ca prin minune. Prințul se uită de jur împrejur și zări în poiana de pe vârful muntelui racla de cleștar în care zăcea Albă ca Zăpada. O fată preafrumoasă, ca zorii de ziuă, cu fața albă ca neaua, cu obrajii ca doi bujori și cu părul negru ca pana corbului.

Prințul rămase vrăjit de frumusețea ei fără seamăn și înțelese că, de acum încolo, nu va mai putea trăi nicio zi fără ea.

El dădu la o parte capacul raclei și o ridică ușor ca s-o sărute. Ca să vezi! Chiar atunci bucățica de măr otrăvit, care i se oprise în gât, îi căzu din gură. În aceeași clipă, frumoasa domniță deschise larg ochii, de parcă s-ar fi trezit din somn.

— Ah, cât de mult am dormit! spuse ea, ridicându-se din racla de cleştar.

Tare se mai bucurară piticii când văzură că fata e vie şi nevătămată! Până şi fraţii cei mai mari şi mai cumpătaţi nu s-au putut stăpâni şi au sărit într-un picior de bucurie.

Iar prinţul îngenunche în faţa ei şi-i spuse cele mai frumoase cuvinte de dragoste, cerându-i mâna şi inima.

Albă ca Zăpada se uită vrăjită la prinţ şi înţelese pe dată că el nu era doar frumos şi curtenitor, ci şi înţelept şi bun la suflet. Tânărul îi căzu cu tronc şi ea se învoi cu bucurie să-i fie mireasă.

Apoi plecară împreună la palat, unde făcură o nuntă mare şi frumoasă, de se duse vestea peste mări şi ţări. La nuntă au venit şi cei şapte pitici, care s-au veselit cât le-a fost cheful.

Vestea ajunse şi la urechile mamei vitrege. De răutate şi invidie se urâţi atât de mult, încât nici nu se mai putea privi în oglindă. De teamă că Albă ca Zăpada se va răzbuna crunt pe ea, părăsi în grabă împărăţia. De atunci i s-a pierdut urma pentru totdeauna.

Iar Albă ca Zăpada a trăit împreună cu prințul în dragoste și fericire. Și de pitici n-au uitat. Căci de aceea prietenii sunt prieteni: ca să-ți amintești de ei și la bine, și la rău.

# CELE MAI FRUMOASE POVEȘTI
## FRAȚII GRIMM

*Cenușăreasa* (Traducere de Justina Bandol, ilustrații de N. Ustinov) ........................ 3

*Degeţel* (Traducere de Justina Bandol, ilustrații de N. Ustinov) ........................ 21

*Hänsel și Gretel* (Traducere de Justina Bandol, ilustrații de N. Ustinov) ........................ 37

*Baba Dochia* (Traducere de Justina Bandol, ilustrații de N. Ustinov) ........................ 53

*Albă ca Zăpada și cei șapte pitici* (Traducere de Constantin Dragomir, ilustrații de Iulia Șcetinkina) ........................ 61

**JURNALUL** NATIONAL

Director general *Marius Tucă*
Director executiv *Sorin Stoian*
Director marketing *Marius Tudosiei*
Piața Presei libere, nr.1,
Corp D, etaj VIII, București, Sector 1,
tel.: 021 3182037; fax: 021 3182035
E-mail: editura.jurnalul@jurnalul.ro

LITERA®

Copyright © Ilustrații, Rosman
Copyright © Traducere, adaptare,
copertă și machetă, Litera, 2009
Toate drepturile rezervate
O. P. 53; C.P. 212, sector 4,
București, România
tel./fax  021 3196390; 021 3196393
E-mail: comenzi@litera.ro

Ne puteți vizita pe
 www.litera.ro

Editor: *Vidrașcu și fiii*
Concepția seriei: *Vladimir Zmeev*
Operator copertă: *Vladimir Cravcenco*
Macheta și prepress: *Eduard Toacă*
Redactor: *Andrei Grumeza*
Corector: *Valentina Tifin*

Tipărit la G. Canale, România

CD AUDIO    ELECTRECORD    Radio România

Frații Grimm
*Cenușăreasa* – 28:20
*Albă ca Zăpada și cei șapte pitici* – 33:48
Copyright © Electrecord. Toate drepturile rezervate

*Cenușăreasa*
Traducere: *Dan Faur*
Dramatizare: *Gh. Ștefan*
Regie artistică: *P. Stratilat*
Distribuție: *Rodica Suciu* (Cenușăreasa);
*Victoria Mierlescu* (Mama vitregă); *Rodica Tapalagă*
și *Elena Nica-Dumitrescu* (Surorile vitrege);
*Nicolae Luchian Botez* (Sfetnicul);
*Gheorghe Cozorici* (Prințul, fiul craiului);
*Constantin Moruzan* (Povestitorul);
*Sorin Gabor* (Crainicul palatului).

*Albă ca Zăpada și cei șapte pitici*
Traducere: *Dan Faur*
Dramatizare: *C. Muscan*
Regie artistică: *M. Zirra*
Distribuție: *Mihaela Cotaru* (Albă ca Zăpada);
*Marietta Anca* (Regina, mama vitregă); *George Groner* (Pitic);
*Nicolae Gărdescu* (Pitic); *Dan Demetrescu* (Pitic);
*Al. Giovanni* (Pitic); *Cleo Pan Cernățeanu* (Povestitoarea);
*Marga Chicoș* (Doica); *Dinu Ianculescu* (Povestitorul).

**Descrierea CIP a Bibliotecii Naționale a României**
**GRIMM, Frații**
   *Cenușăreasa* / Frații Grimm; trad.: Justina Bandol, Constantin
Dragomir. – București: Litera Internațional, 2009
   ISBN 978-973-675-726-6

I. Bandol, Justina (trad.);   II. Dragomir, Constantin (trad.)
821.112.2-93-34=135.1